LES

COURSES D'ALGER

POÈME

PAR

Camille ESMÉNARD DU MAZET.

Ut pictura poesis....
Hor.

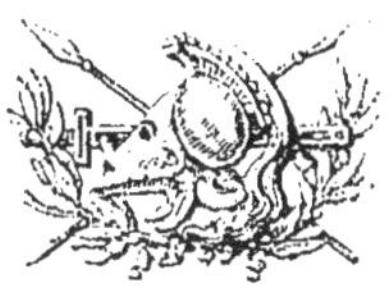

ALGER

BASTIDE LIBRAIRE-ÉDITEUR

—

1857

LES
COURSES D'ALGER

LES
COURSES D'ALGER

POÈME

PAR

Camille ESMÉNARD DU MAZET.

Ut pictura poesis....

Hor.

ALGER

BASTIDE LIBRAIRE-ÉDITEUR

1857

LES

COURSES D'ALGER

Étincelant foyer de lumière et de vie,
Flambeau de la nature à tes lois asservie,
Astre dont les regards, dont les signes constans
Animent l'univers et mesurent le temps ;
Qui, pour tout embellir, sortis des mains fécondes
De Jéhovah semant la poussière des mondes ;
O soleil, le rayon, l'image de ton Dieu,
Qui tournes sans repos sur ton globe de feu
Et, depuis ta naissance, en des cercles obliques
Parcours le vaste ciel entre les deux tropiques ; -

Du palais où pour nous à ses divins plateaux
Une Balance aux nuits pèse des jours égaux *,
Dis, vois-tu sur la terre une plus belle chose
Que les bords enchanteurs où Djezaïr ** repose?
Mollement appuyée au flanc vert du Sahel,
Et fière des baisers d'un printemps éternel,
Coquette, elle sourit dans sa tunique blanche :
Le palmier sur son front avec amour se penche ;
Pour elle l'oranger a des parfums plus doux ;
La mer, comme une esclave, expire à ses genoux ;
Ses yeux toujours ouverts sur la voûte sereine
Se mirent dans les flots dont elle fut la reine,
Et son cœur quelquefois, après nos longs combats,
Pense à la France heureuse et soupire tout bas.

Qui pourrait s'étonner qu'en ce moment émue
Elle donne un regret à sa grandeur déchue,
Et que, de temps en temps, un souvenir lointain
La trouve moins soumise aux arrêts du destin?
Car nous sommes encor les vieux Roumis *** pour elle,
Et, depuis Annibal et sa lutte immortelle,

* Les courses ont ordinairement lieu vers la fin de septembre , époque
de l'équinoxe d'automne, où le soleil est dans le signe de la Balance.
** Djezaïr, *îles*. — Nom arabe de la ville d'Alger, bâtie en amphithéâtre
sur le versant nord du Sahel, massif montagneux compris entre les rivières
du Mazafran et de l'Harrach et la belle plaine de la Métidja.
*** Roumis, *Chrétiens*. — Corruption du mot *Romains*.

Le sort inexorable a voulu, sans pitié,

Entre son peuple et nous mettre l'inimitié.

Inimitié terrible et féconde en batailles!

Que de tristes revers, de justes représailles,

Hélas! n'a-t-on pas vus, jusqu'à ces derniers jours,

Des fleuves effrayés ensanglanter le cours?

Vous le savez, ô bords, ô rives de la Loire,

Vous qui n'oublirez point cette grande victoire *

Où, sur les Sarrasins, venus souiller votre eau,

Charles, un jour entier, frappa comme un marteau.

Et, plus tard, cependant, la ville des corsaires

Recevait dans son port nos vaisseaux tributaires :

L'Italie et l'Espagne, à de hardis forbans,

Livraient, comme un impôt, hommes, femmes, enfants.

Celle-ci, l'Angleterre, et la France elle-même,

Avaient en vain tenté, par un effort suprême,

De saisir la cruelle et de la baillonner ;

L'heure fatale enfin ne voulait pas sonner.

Mais un jour, au milieu des fureurs que déchaîne

La Discorde à l'œil faux, au cœur gonflé de haîne,

Sans les pouvoir calmer, la bannière des lys

Où flotte maintenant le drapeau d'Austerlitz,

Sur le fort l'Empereur, que la flamme enveloppe,

Apparait tout-à-coup, fait tressaillir l'Europe,

* Bataille de Poitiers, en 733. — Charles-Martel y défit Abdérame.

Puis, dans ses vastes plis, condamnés au repos,
Ensevelit sa gloire et sombre sous les flots.
Quel jour, quels souvenirs!... Dans le temps et l'espace
Dieu seul est immuable et seul jamais ne passe;
Et ce Dieu, Djezaïr, aime à te protéger,
Puisqu'il te fit française avec le nom d'Alger.

Fière de cet honneur et de ta renaissance,
Chante plutôt sa gloire et ta reconnaissance
Des prodiges qu'ici nous venons accomplir,
Et de ceux actuels et de ceux à venir
Que pour tes petits-fils sa main tient en réserve.
Dis-lui, dis-lui surtout qu'il bénisse et conserve
L'homme qui te gouverne*, homme prédestiné
Qu'en son amour pour toi la France t'a donné.
Il parle, et l'on entend s'édifier les villes;
Les lacs sont desséchés et deviennent fertiles;
Les routes, chaque jour, par ses soins vigilans
Couvrent le sol entier de leurs mille rubans
Où, pour les pieds lassés et les terreurs secrètes,
Le Caravansérail a de blanches retraites.
Sous son œil attentif, à sa puissante voix,
Tout change, tout s'anime et prospère à la fois.

* M. le Maréchal comte Randon.

On creuse des canaux : les ondes souterraines
Jaillissent à bouillons pour féconder les plaines,
Et mêlent leur trésor à celui des ravins
Qu'un art industrieux sut changer en bassins.
La pensée en cent lieux vole et se renouvelle
Sur un fil aux courants aussi rapides qu'elle,
Et bientôt la vapeur avec tous ses vagons
Va franchir les déserts et traverser les monts.
Cependant chacun craint, révère sa justice;
Avec un doux respect l'Arabe se police,
Tandis que jusqu'alors le Kabyle indompté
Pousse un cri de fureur, s'enfuit épouvanté,
Et sur le Djurjura, dans les rocs, dans la neige,
Cherche et ne trouve plus d'abri qui le protége.

Vainement la Nature, épuisant ses efforts,
De ce fier montagnard défendit les abords,
Et, creusant à ses pieds abîmes sous abîmes,
Tel qu'un aigle, le mit sur les plus hautes cimes;
La main qui le poursuit, comme un étau de fer,
Se rapproche toujours et le saisit dans l'air,
En jetant à la France une gloire inconnue,
Dont Rome fut jalouse et qu'elle n'a pas eue.
O bords de l'Aïssi, crêtes des Illiten,
Échos des Menguillet et des Beni-Raten,

Deviez-vous admirer tant d'audace héroïque,
Répondre à tant de cris et de douleur publique?
De douleur?....... Et qui donc, quelque cruel qu'il soit,
Devant un tel tableau pourrait demeurer froid?
Qui verrait sans pitié, loin de leurs toits en cendre,
Ces hommes en haillons s'échapper et descendre;
Parfois sous leurs figuiers s'arrêter tout pensifs;
Parfois, levant sur nous de longs regards plaintifs,
Pour leur liberté pauvre et que rien ne remplace,
Solliciter nos cœurs et nous demander grâce?
Une femme surprise au milieu de nos feux *
Que RENAULT dirigeait, Renault toujours fameux
Et si cher aux soldats, dont chacun le regarde
Comme un Dieu dans l'attaque et dans l'arrière-garde;
Une femme surprise, en ces cruels moments,
Jusques à l'ambulance arrivait à pas lents.
Ses bras ensanglantés ne soutenaient qu'à peine
Un jeune enfant tout nu, dont la candeur sereine
Souriait à la mort qu'il ne comprenait pas;
Et tandis qu'autour d'eux officiers et soldats,
Émus de ce spectacle et de cette misère,
Contemplaient tristement et le fils et la mère,
Leur offraient des secours et de modestes dons,
Le pauvre enfant, couvert de ses seuls cheveux blonds,
Dans ses petites mains, à la peau tatouée,

* Le 24 mai. — Chez les Beni-Raten.

Pressait avec ardeur la mamelle trouée
Qui résistait d'abord, et puis, obéissant,
Lui versait tout-à-coup moins de lait que de sang.

De ces infortunés c'est le mari, le père,
Qui, peut-être, en pleurant, souleva la colère
Dont l'heureux Mac-Mahon devait briser les flots,
Le jour, ce jour fatal à nos jeunes héros *,
Où, dans Ichériden, plein d'espoir et d'audace,
Le Kabyle oublia qu'il avait face à face,
O tour de Malakoff, celui qui sur tes murs
Grava si bien son nom pour les siècles futurs.
Bientôt, à ses grands coups, il se fit reconnaître,
Et l'ennemi, tremblant, fuyait devant ce maître.
Mais où fuir, où porter d'inutiles efforts?...
La montagne géante et tous ses contreforts
Perdent leur vieux renom, leur antique prestige :
Des milliers de soldats, par un nouveau prodige,
Sur des gouffres affreux, au plus âpre sommet
Se suspendent pareils aux grains d'un chapelet,
Tandis que les troupeaux, les femmes éperdues,
De clameurs et de cris font retentir les nues.
Dans ce dernier foyer de la rebellion **
Jusuf, de pic en pic, bondit comme un lion

* Le 24 juin. — Chez les Beni-Raten.
** Chez les Illiten.

Que la faim aiguillonne et qui, devant sa proie,
Lèche sa lèvre ardente et palpite de joie.
Accouru des remparts où le triste Rumel
Murmure encore les noms de VALÉE et CLAUZEL,
MAISSIAT aux fuyards a coupé la retraite.
Ils acceptent enfin leur immense défaite,
Puis, étendant les bras et tombant à genoux,
« O France, disent-ils, pitié, pitié pour nous !
Comment te résister, quand la nature même,
Sans obstacle pour toi subit ton joug suprême ;
Quand tes fils, en vingt jours, de leurs vaillantes mains,
Ont applani nos monts, la terreur des Romains,
Et dans Souk-el-Arba *, qui s'en étonne encore,
Fait briller à nos yeux ton soleil tricolore ?
Qu'il y brille toujours, qu'il y règne éternel,
Redouté de la terre et protégé du ciel !
Aujourd'hui, c'est à toi de gouverner le monde,
D'ennoblir la victoire en la rendant féconde ;
De la faire accepter, d'un cœur reconnaissant,
Par ceux même que Dieu met sous ton bras puissant ;
De répandre les fleurs, les fruits de ton génie
Sur le sol étranger que ce Dieu te confie ;
De porter en tous lieux la gloire du grand nom
Qu'évoquent tes guerriers sous le feu du canon ;
Et, refoulant au cœur les sentiments acerbes,

* Où l'on construit Fort-Napoléon.

D'épargner les vaincus, d'abattre les superbes,
Nous sommes les vaincus et, calmes désormais,
Nous n'attendons de toi que justice et bienfaits. »
Alors, pour témoigner leur dévouement fidèle,
Ces vieux agitateurs *, qu'animait un faux zèle,
Et la Sainte **, aux yeux noirs que l'Amour enflamma,
Sibylle des rochers, belle Lalla-Fathma,
Qui ne prévoyait point la disgrâce commune,
Viennent du Maréchal adorer la fortune.

Oh ! c'est pour rendre hommage à des faits merveilleux,
Plus que pour embellir nos courses de leurs jeux,
Que tous ces cavaliers ont quitté leurs demeures
Où les femmes déjà doivent compter les heures.
Plus avides de voir qu'eux-mêmes d'être vus
A peine on les appelle et les voilà venus.
Les Aghas sont drapés, pour ces moments de fête,
Les uns du bernous vert que portait le Prophète,
D'autres du bernous rouge aux rayons éclatants ;
La corde de chameau serre les haïcks blancs
Sur les fronts basanés que le soleil dévore.
Ceux-ci viennent des bords embellis par l'aurore ;

* El-Hadj Omar, Cheïk el-Arab, Si el-Djoudi, etc.
** En arabe *Maraboute*.

C'est pour eux que La Calle a formé son corail,
Les ondes du Milleg abreuvent leur bétail.
Ils sont voisins des lieux où, reine infortunée,
Didon ne put survivre à la fuite d'Énée,
Et, dans son désespoir s'étant percé le cœur,
Trois fois avec effort sur son lit de douleur
Tenta de se lever et retomba mourante ;
Puis, tournant vers le ciel une paupière errante,
De ses yeux que la mort faisait seule mouvoir
Voulut chercher le jour et gémit de le voir.
Leurs pères autrefois sur les coteaux d'Hippone
Que la Seybouse arrose et que l'Édouf* couronne,
Ont peut-être aperçu les larmes d'Augustin,
Alors qu'au souvenir de son propre destin,
Des si douces erreurs d'une folle jeunesse,
Des poisons de l'amour, de leur perfide ivresse,
Sur les vers de Virgile et sur ces pages d'or
Qu'il aima trop à lire et qu'il lisait encor,
Le saint docteur, vaincu par le chantre sublime,
Versait de tendres pleurs et s'en faisait un crime.

Ceux-là si belliqueux sont arrivés d'Oran**
Et des steppes déserts voisins de l'Océan,

* Montagne.
** Surnommée la *Belliqueuse*.

Qui ronge comme un frein les colonnes d'Hercule
Et devant le vieux monde en mugissant recule.
En quittant leurs aïeux le fils de Jupiter
Ne vit plus devant lui que le ciel et la mer.
Ces temps étaient bien loin lorsqu'un plus grand génie [*]
Sondait de ses regards cette plaine infinie ;
Sur des flots inconnus, sans craindre leur fureur,
Voguait, plein d'assurance, immortel voyageur ;
Aux Espagnols, frappés d'une stupeur profonde,
Comme un simple joyau donnait un nouveau monde,
Et revenait enfin montrer à l'univers,
Dans un obscur cachot, les bras chargés de fers
Seul prix de tant de gloire et d'un labeur si rude,
Ce que le cœur des rois couve d'ingratitude.
Dans ces climats lointains, les derniers feux du jour
Glissent sur Mascara, puis achevant leur tour
Caressent Tlemecen [**], la ville aux doux mystères,
Et son bois de Boulogne où rôdent les panthères,
Et sa fraîche cascade en filets cristallins
Courant porter la vie à tant de beaux jardins ;
Son Mansourah témoin d'une splendeur passée,
Vieux débris dont l'aspect attriste la pensée ;
Son antique Méchouar [***], autrefois redouté,

[*] Christophe Colomb, en 1492.
[**] Surnommée par les Arabes la *Mystérieuse,* à cause, sans doute, de ses beaux ombrages.
[***] Citadelle.

Où le captif d'Amboise a souvent habité,
Avant ceux qui l'ont pris de leur main plus puissante
Et pleurent comme lui sur la patrie absente !

Ici du Sahara sont les représentants
Venus des oasis et des sables brûlants
Que parfois le simoun *, dont le souffle empoisonne,
Emporte dans les airs en épaisse colonne.
Malheur alors, malheur au pauvre pélerin
Que ce terrible vent doit surprendre en chemin :
Les hommes, les chameaux, la caravane entière,
Tout disparaît, tout meurt sous l'ardente poussière.
Ouargla, Tougourt, Laghouat aux palmiers toujours verts,
Où nos derniers drapeaux flottent sur les déserts,
Où Bouscaren, l'ami de mes jeunes années,
A vu d'un coup fatal trancher ses destinées
Qui de la Guadeloupe, aujourd'hui dans le deuil,
Devaient faire bientôt et la gloire et l'orgueil,
Produisent ces guerriers tout noircis par le hâle,
Dont les plumes d'autruche ornent le front si mâle.
Près d'une source vive, oh ! que de fois entr'eux
Se sont-ils fait sur nous des récits fabuleux,
Et retrouvant partout la France souveraine
Ont-ils mêlé leurs pleurs à ceux de la fontaine !

* Vent du désert. — Du mot arabe *semm*, poison.

Aux volontés d'Allah soumettant leur esprit
Ils se disent enfin : Eh bien ! c'était écrit.
Leur bouillonnante ardeur, à peine contenue,
De la lice déjà mesure l'étendue ;
Mais un ordre formel les condamne au repos,
Ce n'est pas le moment de combattre en champ-clos.

D'abord, les Étalons, nobles chevaux de race,
Viennent faire admirer leur souplesse et leur grâce :
Les services rendus, la dignité du sang
Leur ont bien mérité l'honneur du premier rang.
Un piqueur les conduit : Sa main, trop incertaine,
N'a, pour les maintenir, qu'une soyeuse rêne.
Sous leurs crins ondulés tombant jusqu'au genou,
Les uns, comme le cygne, arrondissent leur cou ;
D'autres, comme le cerf, portent leur fine tête.
Leurs naseaux embrasés respirent la conquête ;
Leur oreille s'aiguise et leur pied de devant
Tantôt creuse le sol ou se dresse en avant
Comme pour mieux saisir une apparence vaine.
Sur leur large poitrail s'enfle et bat chaque veine,
Leur corps entier frissonne et leurs yeux plus ouverts
Jettent sur la tribune un regard de travers.
Ces bienheureux sultans que tout le monde envie
Ne connurent jamais les chagrins de la vie.

Occupés maintenant de leurs seules amours
On les choie, on les flatte et peigne tous les jours.
Mon Dieu ! que d'orphelins, que de pauvres familles
Qui vivraient largement avec ces frais d'étrilles !
A peine étaient-ils nés, l'Arabe avec bonheur
Accueillit chacun d'eux comme un ami du cœur,
Le caressa longtemps et voulut, sous sa tente,
Lui prodiguer les soins que la tendresse invente.
C'est là, c'est au milieu des femmes, des enfants,
Qui l'appelaient leur frère, et, toujours complaisants,
Venaient lui présenter dans la simple écuelle
Le lait tari parfois au fond de la mamelle;
Oui, c'est là que tout jeune il s'est bientôt formé ;
Aussi, lorsque l'amour ne l'a pas enflammé,
Qu'il n'a pas entendu la trompette guerrière,
Avec un doux plaisir, une assurance entière,
Sans craindre sa colère ou son brutal ennui
Vous pouvez librement vous confier à lui,
Promener votre main sur sa croupe arrondie :
Il lèche cette main dont il ne se méfie,
Vous regarde, et ses yeux, calmes, intelligents,
Semblent vous dire alors : Parle, je te comprends.

Passez, beaux étalons, et moquez-vous des hommes,
Vous valez mieux que nous, orgueilleux que nous sommes,

Passez vite ; déjà sur d'agiles chevaux,
Pour disputer le prix, d'impatients rivaux
Ont franchi la barrière et courent dans la lice,
Où l'adresse et souvent la perfide malice,
La triste soif de l'or et celle des honneurs,
La honte, le dépit, les jalouses fureurs,
Les succès d'un moment, les gloires éphémères
Sont un vivant tableau de toutes nos misères.
Cependant, quelquefois, un couple gracieux
S'isole de la foule et peut charmer nos yeux,
Comme ces deux amis qui l'un l'autre s'embrassent,
Dont les chevaux si vifs jamais ne se dépassent,
Galoppent côte à côte, et, soumis et vaincus,
Semblent soudés entr'eux pour ne se quitter plus.
Sous l'élégant bernous qui s'enfle et qui voltige
Que se disent-ils donc ? Quel penser les dirige ?
Peut-être veulent-ils, bien loin des indiscrets,
Se confier leur peine ou quelques doux secrets.
Ainsi, dans leurs amours, deux colombes fidèles
Qu'anime un seul désir entrelacent leurs ailes ;
Sur le liquide azur glissent légèrement
Pour arriver ensemble au nid qui les attend,
Où la jeune famille, au loin suivant leurs traces,
Joyeuse ouvre déjà de petits becs voraces.
Ainsi, devant les yeux du peintre des enfers,
Allaient d'un vol égal, en traversant les airs,

Ces aimables esprits, ces deux gentilles âmes
Qu'Amour, pour leur malheur, brûla des mêmes flammes,
Paolo, Francesca, tendres cœurs fraternels,
Qu'un baiser et que Dante ont rendus immortels.

Voyez-vous à l'écart ces vainqueurs de la course
Retourner dans leurs doigts, compter l'or de la bourse
Qui leur tomba du ciel avec un doux souris ?
Quelques-uns, de cet or méconnaissant le prix,
Iront grossièrement, sous la terre profonde,
Enfouir le bonheur qu'il donne dans ce monde.
Le pauvre les supplie et les implore en vain ;
Toujours indifférents aux larmes du prochain
Ils n'aiment que l'éclat du métal qui ruisselle,
Où leurs avares mains plongent jusqu'à l'aisselle.
Celui-ci, moins cruel, moins inintelligent,
A d'utiles travaux emploira son argent ;
Celui-là, jeune et fier, et que l'amour excite,
A tous les nobles cœurs l'amour s'attache vite,
Rêve anneaux et colliers, boucles et bracelets,
Corail, perles, rubis dont les brillants reflets
Le sont moins que les yeux de la femme qu'il aime
Et déjà lui compose un charmant diadème.
Oh ! qu'il la trouve belle avec ces beaux atours,
Dans la danse si chère aux trop lascifs amours.

Les feux de la bougie et les feux du champagne,
Les sons du derbouka* que la flûte accompagne,
Les parfums, les regards ont enivré ses sens :
Une fièvre parcourt ses membres frémissants.
De ses mains, demi nue, elle agite et déploie
L'écharpe où sont unis l'or, l'argent et la soie :
Tantôt s'en enveloppe avec grâce et pudeur
Et tantôt s'en dégage avec un ris moqueur ;
Parcourt le cercle entier et de chacun se joue
En tendant aux baisers et retirant sa joue ;
Regarde, précipite ou ralentit ses pas,
Cherchant quelque fantôme et ne le trouvant pas ;
Et puis semble saisir cet objet invisible,
Oscille sur ses pieds comme un roseau flexible,
Comme une blonde vague au caprice du vent
Qui va, vient et revient et gémit doucement ;
Ferme et rouvre les yeux, enfin, dans le délire,
Sur ses genoux tremblants faiblit, tombe et soupire.

Mais la trompette sonne et cent groupes épars
Dans le cirque poudreux volent de toutes parts
Sur les traces d'un chef qui, toujours le plus leste,
Les dirige, à son gré, du regard et du geste.

* Espèce de tambour arabe.

Au milieu de l'arène à peine réunis
On les voit se former en deux camps ennemis.
D'abord, ce n'est qu'un jeu dont leur esprit s'amuse ;
Déployant tour à tour et l'audace et la ruse
Ils s'observent de loin, se rapprochent, souvent
Reviennent sur leurs pas, s'élancent en avant ;
Ils s'attaquent enfin ; mais une bande entière
S'enfuit comme le Parthe et combat par derrière ;
Cheval et cavalier ne formant qu'un seul corps
Dont la force et la grâce animent les ressorts.
L'ennemi les poursuit, les insulte et les raille :
La honte les ramène au cœur de la bataille
Qui s'engage plus vive entre les escadrons
Aux appels du tam-tam, des flûtes, des clairons.
Là, c'est une embuscade où chacun va se prendre ;
Là, c'est un poste armé qui ne veut pas se rendre ;
Ailleurs, c'est un duel entre deux cavaliers :
Des bouts de l'horizon, courbés sur leurs coursiers,
Le long fusil en joue et la bride abattue,
Passant comme la flèche ou la balle qui tue,
Ils fondent l'un sur l'autre avec des cris affreux,
Se joignent, le coup part... aussitôt chacun d'eux
Élève dans ses bras l'arme fumante encore,
Et la faisant tourner comme le buis sonore
Tourmenté par le fouet du jeune enfant ravi,
Rentre au galop tout fier des yeux qui l'ont suivi.

Cependant des combats cette émouvante image
Électrise les cœurs, irrite le courage.
Impatients de porter de véritables coups
Déjà les plus altiers pâlissent de courroux,
Fatigués et honteux d'avoir pu se résoudre
A ne faire parler qu'une innocente poudre.
Le frisson belliqueux circule dans leurs chairs,
Leurs yeux noirs et pensifs ont de sombres éclairs,
Et sur le sabre nu leur forte main crispée
Atteste le regret d'une attente trompée.
Ils hésitent encore et le moindre signal
Peut les entraîner tous et devenir fatal.
De même dans sa cage un lion qu'on agace
Pendant quelques moments semble oublier sa race,
Se prêter à des jeux trop indignes de lui ;
Mais cette complaisance est bientôt de l'ennui ;
Son naturel revient : les spectateurs frémissent
En voyant tout-à-coup ses crins qui se hérissent,
Ses yeux étinceler dans leurs orbes sanglants
Et sa gueule s'ouvrir et leur montrer ses dents.
Aussi, pour conjurer l'orage prêt à fondre,
Pour donner à ces cœurs dont on ne peut répondre
Un nouvel aliment qui, toujours des combats,
Éveille la pensée et ne l'enflamme pas,
Il faut que désormais sous la même bannière
Un même et seul désir groupe la masse entière.

Dans le vaste hippodrome, aux regards enchantés
Du peuple, des soldats, du cercle de Beautés
Que ravissent toujours ces pompes de la guerre,
Le carré lentement se forme et se resserre.
Un silence profond règne dans tous les rangs ;
Guidons bariolés, bernous rouges et blancs,
De leurs vives couleurs ont émaillé l'arène
Comme ces fleurs des prés que le printemps ramène.
Dans l'horizon la mer aux flots calmes et bleus,
Dans le ciel le soleil, resplendissant de feux
Brisés et réfléchis par le miroir des armes
Donnent à ce tableau d'incomparables charmes,
Quand de tous les gosiers un son rauque soudain,
Part et vient animer les instruments d'airain.
Réveil impétueux, mouvement frénétique !
Aux éclats du mousquet, aux chants de la musique
Ces guerriers, dont l'ardeur se contint déjà trop
Impatients du frein, s'élancent au galop.
La terre, sous leurs pas, au même instant résonne :
Un nuage poudreux de sable tourbillonne
Et se mêle à celui qui, des canons de fer,
S'échappe incessamment et voltige dans l'air.
Les coursiers indomptés dont le naseau s'allume
Rougissent tous le mors d'une sanglante écume,
Bondissent sous leurs crins sillonnés par les vents
Et jettent aux échos de fiers hennissements.

Des hommes, des chevaux, tous les cris se confondent,
Les grands pics de l'Atlas à ces clameurs répondent ;
Et sur cette forêt d'armes et d'étendards,
Sur les housses d'argent, sur les riches brocarts,
Parmi ces mille bruits, ces milliers d'étincelles,
Les bernous déroulés planent comme des ailes.
Phalange infatigable et toujours sans repos
Ici, comme une vague, elle roule ses flots
Qui viennent humblement expirer avec crainte
Au pied de la tribune où, dans sa gloire sainte,
La France qui sourit à leurs jeux triomphants
Ouvre ses nobles bras à ses nouveaux enfants.
Plus loin, comme une trombe, à la voix de ses guides,
La colonne se meut en tourbillons rapides
Qu'on entend tour-à-tour se fermer, se rouvrir,
D'où l'on voit le tonnerre et les éclairs jaillir.
Tantôt elle se courbe et se roule en spirale
Et tantôt elle fuit dans un nouveau dédale,
Forme tous les dessins dont l'Arabe est épris,
Ornement de ses murs, gloire de ses lambris,
Dessins qu'il a nommés *, ingénieux méandre
Nous dépeignant si bien l'âme rêveuse et tendre
Qui, libre de ces fers dont on veut la lier,
Sur elle-même enfin aime à se replier,

* Arabesques.

Et, dans sa Fantaisie [*], inconstante, bizarre
Se perd et se retrouve et de nouveau s'égare.

Ainsi, dans le beau temps de leurs prospérités,
Les Maures autrefois, modèles si vantés
De courage, d'honneur, de noble courtoisie,
Sur les bords du Xénil charmaient l'Andalousie ;
Alors que couronnés de myrte et de laurier
Leurs drapeaux triomphants, aux yeux du monde entier,
Portèrent jusqu'au ciel la gloire de Grenade,
Ville des doux concerts et de la sérénade,
Qui, sur deux verts coteaux et dans un frais vallon,
S'ouvre comme le fruit qui lui donna son nom.
Hélas ! depuis le jour que ses brillants portiques
Tombèrent au pouvoir des deux rois catholiques [**]
L'Arabe, rejeté sur le sol africain,
Au cœur d'Allah trop sourd la redemande en vain.
Ce triste souvenir vient agiter ses veilles
Et sur sa natte encore il songe aux tours vermeilles [***]

[*] Ces derniers jeux forment ce que les Arabes appellent la *Fantasia*.
[**] Ferdinand et Isabelle. — Ainsi désignés par les historiens.
[***] C'est le nom des tours du palais de Grenade.

Dont le dernier aspect fit pleurer Boabdil *
Au moment de partir pour la terre d'exil.
Se tenant à l'écart, avec leurs faces blêmes,
Quelques vils courtisans, ils sont toujours les mêmes,
Aux soupirs de leur roi muets, indifférens,
Pensaient au nouveau Dieu qui paîrait leur encens.
Il n'est plus de flatteurs pour qui perd sa couronne ;
Ce qu'on aimait en lui c'était la main qui donne.
Tels qu'au vieux colombier tout prêt à s'écrouler,
Les pigeons dédaigneux ne viennent plus voler ;
Tels que les rats gourmands et les fourmis avides
Ne veulent plus hanter les greniers qui sont vides,
Tels du prince déchu les anciens favoris
Craignent de s'attacher à de royaux débris.
Le faible Boabdil ayant posé les armes
Restait donc solitaire et se fondait en larmes **,
Quand sa mère Aïxa tout-à-coup s'indignant,
Railla cette faiblesse et lui dit : maintenant
Pleure comme une femme, oui, pleure ce royaume
Que tu n'as su défendre et garder comme un homme *** !

De ces Maures fameux, ô vous les derniers fils
Dont l'empire s'étend de Maroc à Tunis,

* Dernier roi de Grenade, 1492.
** Sur le mont Padul.
*** Propres paroles que l'histoire met dans la bouche de la sultane Aïxa.

Vous aujourd'hui mêlés aux gardiens de la France,
Vous dont l'honneur n'est plus que sa toute-puissance,
Sous l'unique étendard qui nous protége tous,
De la fortune enfin vous défîrez les coups.
Nous trouvant réunis pour les mêmes querelles,
Qui donc vous atteindrait sous nos mains fraternelles?
De ses remparts en feu le Russe a déjà vu
Couler, dans vingt combats, notre sang confondu,
Et du Nord au Midi, du couchant à l'aurore,
Dès le premier signal on le verrait encore.
Nos succès sont à vous : tant de vaillants soldats
Sur votre sol guerrier né se formaient-ils pas
Au triomphe éclatant que pour mieux nous surprendre
Dans ses décrets profonds Dieu nous faisait attendre?
Quand nous voulions brider le Czar ambitieux
L'univers attentif avait sur nous les yeux ;
Mais de nos longs efforts l'inutile poursuite
Semblait nous présager une honteuse fuite,
Et la froide Russie, avec un sombre orgueil,
Pour nos drapeaux vaincus rêvait un second deuil.
Que de tristes pensers dans cette lutte sainte
Allaient et revenaient de l'espoir à la crainte,
De Pélissier lui-même agitaient le grand cœur
Sur son rocher d'Oran!.... Lorsque l'aigle vainqueur
S'élança tout-à-coup, et, dans sa forte serre,
De la France indignée emporta le tonnerre.

L'armée à ce départ applaudissait, et lui,

Sans penser aux honneurs qu'il reçoit aujourd'hui,

Ne voulait que vengeance, et son œil intrépide

Ne cherchait sur les mers que l'ancienne Tauride.

On le vit un instant ralentir son essor

Sur les tombeaux d'Achille et du vaillant Hector* :

De ces vieux souvenirs l'âme plus enflammée

Il découvrit enfin les champs de la Crimée,

Plana bientôt sur elle, et sur Sébastopol

Laissa tomber la foudre et reposa son vol !

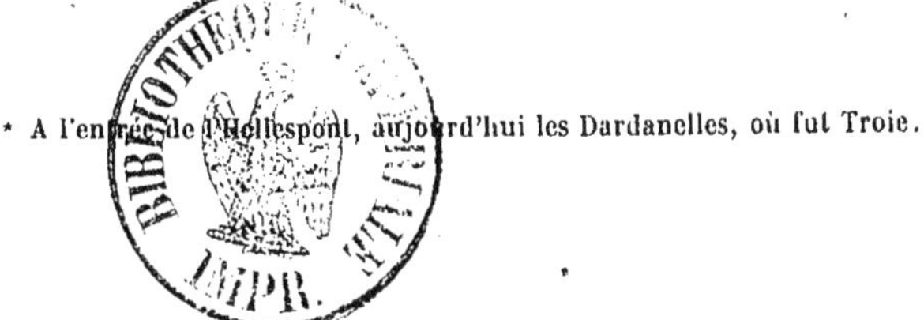

* A l'entrée de l'Hellespont, aujourd'hui les Dardanelles, où fut Troie.

9 782019 976729